D1695808

Jean Effel

Bilderbuch der ersten Liebe

«Als Adam dem Mädchen vorgestellt wurde»,
begann der liebe Gott...

JEAN EFFEL

BILDERBUCH

DER ERSTEN LIEBE

NEUE ERWEITERTE AUSGABE

IM SANSSOUCI VERLAG IN ZÜRICH

Text von Jean Effel und Konrad Federer

E S war einmal ein kleiner Engel,

der dem lieben Gott viele Sorgen bereitete, weil er nicht lesen und schreiben lernen wollte. Er trieb sich viel lieber auf der Erde herum und nannte sich Winnipeg, was für einen Engel ein etwas seltsamer Name ist. Aber Winnipeg war die Stadt, wo der kleine Engel zum erstenmal « das Licht der Erde » erblickt hatte und wo es ihm besonders gut gefiel.

Der kleine Engel hatte auch die Gewohnheit, von der Erde kleine Andenken mitzubringen. Anfänglich brachte er Blu-

men und Zweige, die er dann im Himmel sorg-
fältig zu schönen Sträußen wand, um sie dem
lieben Gott auf den großen goldenen Schreib-
tisch zu stellen. Später brachte er Muscheln
und schöne Steine mit. Und schließlich konnte
er auch der Versuchung nicht widerstehen, ab
und zu ein Exemplar jener Tiere mitzubringen, welche er besonders liebte. Solange es

nur Frösche, Schildkröten und Igel waren,
ging es noch. Aber als der kleine Engel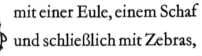
mit einer Eule, einem Schaf
und schließlich mit Zebras,

Eseln und Leoparden ankam, da fiel es doch allmählich auf. Denn wenn im Himmel auch keine solche Wohnungsnot herrscht wie etwa in der Hölle, so war doch mit Rücksicht auf alle jene, welche noch hineinkommen wollen, eine gewisse Zurückhaltung geboten, zumal sich bei gewissen Tieren unangenehme Folgen des Höhenunterschiedes bemerkbar machten.

Es ist verständlich, daß es dem lieben Gott Sorgen bereiten muß, wenn ein kleiner Engel die Erde beinahe schöner findet als den Himmel und darüber dauernd die Schule für Engel versäumt. Und

da Er ihn nicht dauernd mit Schularrest be-
strafen konnte, ohne den Ruf des Himmels, als
Ort der Glückseligkeit, zu gefährden, beschloß
der liebe Gott, es mit Belohnungen zu ver-
suchen. So durfte denn der kleine Engel Winnipeg sich immer etwas vom lieben
Gott wünschen, wenn er wieder Fort-
schritte im Lesen und Schreiben gemacht hatte. Der Wunsch war immer derselbe:
«Erzähle mir bitte die Geschichte von der ersten Liebe auf Erden...» Denn von allen ir-
dischen Vorgängen fand der kleine Engel das
Geheimnis der Liebe am aufregendsten, und
er konnte die Geschichte nicht oft genug hö-

ren. Schließlich mußte der liebe Gott die Geschichte so oft wiederholen, daß seine anderen Geschäfte darunter zu leiden anfingen. Und da es ihm außerdem an der Zeit schien, daß der kleine Engel endlich ein richtiges Buch lesen sollte, kam Er auf die Idee, die Geschichte von der ersten Liebe aufschreiben und zeichnen zu lassen.

So möchten wir dieses Bilderbuch nicht beginnen, ohne des kleinen Engels Winnipeg zu gedenken, dem es sein Entstehen verdankt.

Bilderbuch der ersten Liebe

«Alles ganz neu, hübsch eingerichtet... Keine Nachbarn. Keine Hauswirtin, keine Miete zu bezahlen...»

«Ein bißchen viel Obst für einen alleinstehenden Mann.»

«Ich sehe eine Rippenoperation...

Du wirst Ärger mit dem Gesetz haben...

und dann einen schweren Fall tun...»

«Es gibt vier Varianten in verschiedenen Farben.»

«Narkose!... Skalpell!... Nadel und Faden!»

«Darf ich bekannt machen...?»

«Darf ich dich zu einem Aperitif bitten?»

«Was hättest du am liebsten als Geburtstags-
geschenk?»
«Den Nerz!»

«ER hat auch meine Karikatur geschaffen!»

«Was gibt es heute abend zu sehen?»

«Ein großartiges Schauspiel mit Erdbeben
und Diplodocusherde.»

«Du darfst dreimal raten!»

«Stell den Wecker ab!»

«Oh, wie du mich erschreckt hast!»

«Schau, ich habe ihr beigebracht, Männchen zu machen!»

«Ein Leck...»

«Wir müssen uns beim Hausmeister
beschweren.»

«Pah! Ein Reklametrick!»

«Schade! Wir sind schon zu alt. Uns wachsen keine Flügel mehr.»

«Eins, zwei, drei, vier, fünf... ein Apfelblatt...
Ich werde ein Abenteuer mit Obst erleben...»

«Der Apfel wird seine Liebe verdoppeln.»

«Nein, danke! Obst bekommt mir nicht!»

«Unselige ! Was hast du aus den verbotenen Früchten gemacht ?»

«Pscht ! Ein Spitzel...»

«Was soll ich nur anziehen? Ein Kohlblatt
macht zu ländlich, und Lauch ist zu gewagt!»

«Und wie steht mir das?»

«So, nun wirst Du nie mehr vergessen, dass man diesem verfluchten Biest nicht trauen darf . . . »

«Nanu ?»

«Die Engel fliegen tief – es wird ein Donner-
wetter geben...»

Tarnungsmanöver

«Ach, du bist nicht einmal imstande, deine Stellung zu behaupten!»

« Und sie lebten unglücklich und bekamen viele Kinder... »

VON JEAN EFFEL ILLUSTRIERTE BÜCHER:

Ina van der Beugel	*Was Adam über Eva denkt* 72 Seiten. Gebunden
	Was Eva über Adam denkt 72 Seiten. Gebunden
	Eva über Adam / Adam über Eva Doppelband. 140 Seiten. Gebunden
Philippe Hesse	*Geschichten aus der Arche* 64 Seiten. Gebunden
Herbert A. Löhlein	*Eva und ihre Sterne* 80 Seiten. Gebunden
Thaddäus Troll	*Der Teufel auf Reisen* 72 Seiten. Gebunden
Mark Twain	*Tagebuch von Adam und Eva* 64 Seiten. Gebunden
Jonathan Swift	*Weisheit der Tiere* 64 Seiten. Gebunden

IM SANSSOUCI VERLAG IN ZÜRICH